Alfredo Morgigni

Alba d'oro

Dramma lirico in quattro atti

Antigonos

Alfredo Morgigni

Alba d'oro

Dramma lirico in quattro atti

Ristampa immutata dell'edizione originale del 1869.

1ª edizione 2024 | ISBN: 978-3-38663-484-7

Antigonos Verlag è un marchio della Outlook Verlagsgesellschaft mbH.

Verlag (Editore): Outlook Verlag GmbH, Zeilweg 44, 60439 Frankfurt, Deutschland
Vertretungsberechtigt (Rappresentante autorizzato): E. Roepke, Zeilweg 44, 60439 Frankfurt, Deutschland
Druck (Tipografia): Libri Plureos GmbH, Friedensallee 273, 22763 Hamburg, Deutschland

TEB. In quel dì che a luce uscia
Questo serpe avvelenato,
Il sereno e l' armonia
Si turbava del creato!
Io giammai l' ho conosciuta;
Ma fra sgherri, in mezzo ad armi,
In un sogno l' ho veduta
Gli occhi biechi in fronte alzarmi!
Ah perchè, perchè quel nome
Dirizzar mi fa le chiome?..
La chiamaron Alba d' Or,
Ma il suo nome è *Disonor!*

ALBA *(fra sè)*
(Quei suoi detti, quel furore
Son qual ferro arroventato,
Che trapassa questo core
Dal rimorso avvelenato!)

TEB. *(ritornando in sè)*
Ah, mio ben! che dissi, o stolto!
Qual pallor ti appare in volto!

ALBA Ah mi stringi sul tuo core,
E sparisce il mio terrore!

TEB. Vuoi ch' io sia felice appieno?
Vieni, andiam dell' ara appiè...

ALBA *(allontanandosi da lui quasi atterrita)*
(Ah quest' angelo sul seno
Una serpe stringe in me!

TEB. *(accorgendosi del disturbo di ALBA)*
Ah! vo' partire...

ALBA Ti ferma, ascolta...
Il mio tormento non vedi tu?
Io t' amo!

ALBA D'ORO

DRAMMA LIRICO IN QUATTRO ATTI

POESIA

DI ALFREDO MORGIGNI

Tratto dal dramma **MARION DE LORME** di **V. Hugo**

MUSICA DEL MAESTRO

VINCENZIO BATTISTA

DA RAPPRESENTARSI

AL TEATRO S. CARLO

NELLA PRIMAVERA DEL 1869

NAPOLI

Tipografia vico Giardinetto n.º 3, 4.

—

1869

DECORAZIONI

Inventate e dirette dal signor PIETRO VENIER

ATTO II. Spiazzata innanzi la porta d'un osteria.

ATTO III. Un parco avente in fondo un rialto.

DECORAZIONI

Inventate e dirette dai signori MASI, CORAZZA e GALLUZZI.

ATTO I. Casa in campagna nelle vicinanze di Parigi.

ATTO IV. Grande atrio di carcere.

APPALTATORI

Diretore ed inventore di una parte della Scenografia — signor *Pietro Venier*.

Pittori — signori *Vincenzo Fico*, *Giuseppe Castagna*, *Federico Mancini*, *Luigi de Luise*, *Giustino di Giacomo* e *Francesco Jacopetti*.

Direttori ed inventori di altra parte della Scenografia — signori *Luigi Masi*, *Marco Corazza* e *Leopoldo Galluzzi*.

Pittori — signori *Vincenzo Palliotti*, *Mario Scribano* e *Giuseppe Fannia*.

Appaltatore e disegnatore dell'attrezzeria — signor *Filippo Colazzi*.

Direttori ed Appaltatori del macchinismo — signori *Michele Papa* ed *Achille Spezzaferri*.

Appaltatore del vestiario — signor *Luigi Zamperoni*.

Appaltatori della illuminazione — signori *Michele Marra* ed *Antonio Patitucci*, sotto la direzione del sig. *Carlo Pellegrino*.

Direttore ed inventore dei fuochi-chimici ed artificiali — signor *Orazio Cerrone*.

Appaltatore della luce Elettrica — signor *Emilio Vaudeau*.

Parrucchiere — signor *Pasquale Furlaj*.

Editore e proprietario esclusivo delle poesie dei libri — signor *Catello di Maio*.

PERSONAGGI	ATTORI
Conte Viscardo d'Englen.	signor **ALDIGHIERI**
Riccardo	signor **MELE**
Montano	signor **MORELLI**
Tebaldo	signor **ZACCOMETTI**
Alba d'Oro, favorita . .	signora **FAVI-GALLO**
Fosco	signor **ARATI**
Un banditore	signor **DONADIO**
Capo delle prigioni . . .	signor **BENEDETTI**

Nobili, Popolani, Comici, Soldati.

La Scena è in Francia nel 1638

I versi virgolati si omettono per brevità.

ATTO PRIMO

SCENA PRIMA

Casa in campagna nelle vicinanze di Parigi. — A destra, porta d' entrata. — In fondo terrazza praticabile, da cui si vede un monastero in lontananza. — E in sull' imbrunire.

Alba sola.

(Nell' alzarsi della tela s' odono le monache nel vicino chiostro che sull' organo cantano)

 Ave maris stella,
  Dei mater alma,
  Atque semper virgo,
  Felix coeli porta!

ALBA Presso è la notte, e tutto è pace intorno...
 Tebaldo mio, perchè non vieni ancora?
 (Va impaziente alla terrazza, e guarda lontano nella
 contrada rischiarata dalla luna. — Il coro delle mo-
 nache ripete la seconda strofa)
  Sumens illud ave
  Gabrielis ore,
  Funda nos in pace
  Mutans Hevae nomen!

ALBA *(ritornando frettolosa dalla terrazza)*
 Ah parmi... ah dei suoi passi è questo il suono!
 Tremo d' amor! — Tebaldo...
 (Va a chiudere la porta: si presenta invece VISCARDO *)*

SCENA II.
Viscardo e detta.

ALBA (*meravigliata*)
O Ciel!.. Viscardo!

VIS.   Sì, Viscardo io sono.
Da Parigi chi t'invola,
Chi ti toglie al nostro amor?

ALBA Fuggo il mondo, ascosa e sola,
Cerco pace al triste cor.

VIS. Nella Corte, nelle feste
Dicon tutti « Alba dov'è? »
Rime intanto sono queste
Che un poeta innalza a te!
                              (*Le dà un elegante libro*)

ALBA (*prendendolo con compiacenza*)
Sì...

VIS. (*mostrando un medaglione*)
Conforto sol trovai
Quest' effigie in rimirar...

ALBA   Ah!.. la mia... ch'io vi donai...

VIS.   Deh ritorna ad esultar!

ALBA (*con involontaria curiosità*)
Ed il Conte?

VIS.   Egli è furente!

ALBA   E il Marchese?

VIS.   Afflitto ognor!...

ALBA   Ed il vecchio Presidente?

VIS.   Per te sempre ha fido il cor!

ALBA (*esaltandosi*)
Oh bella è la Corte - coi lacci d'amor,
Oh bella è la sorte - regnando sui cor!
Fra balli e bicchieri - la vita goder,

Di cento pensieri - sapersi pensier!
Spirare a regine - geloso livor,
A ninfe divine - contesa d' amor!
Voi foste pur belli - trascorsi miei dì,
Voi foste pur belli - passando così!

Vis. Crudele! e vorresti - dannarti al dolor!
 Gli amanti potresti - strappare dal cor?
 Tua vita sì bella - tu copri d' un vel,
 Qual raggio di stella - fra nubi nel Ciel!
 Deh vieni, t' affretta - deh vieni a goder!
 La schiera t' aspetta - dei tuoi cavalier!
 Saranno pur belli - più lieti i tuoi dì,
 Saranno più belli - passando così!

Alba *(tornando in sè)*
 No... che dissi!.. mi lasciate:
  Or m' avvince un puro amor...

Vis. Che mai sento!..

Alba   Dileguate,
 Larve oscene, dal mio cor!

(tra sè) (Ove sei Tebaldo?..)

Vis.   Ah vieni...
 Qual delirio è questo?

Alba   Ah no!
 Deh partite! i dì sereni
 Da virtude aspetterò!

Vis. Stolta! qual lampo celere
 Fugge la nostra vita!
 Presto vedrai con lagrime
 La gioventù sparita!
 Godiam l' argentea nuvola
 Che in pioggia tornerà!
Da questa solitudine,

Da questa tua dimora...
Coi miei compagni, sappilo,
Saprò menarti fuora...
Stolta, ritorna all'estasi
D'amore e voluttà!

ALBA   Ah per pietà lasciatèmi...
Sola restar desio!..
Amor mi fe' colpevole,
Amor mi torni a Dio!
Dal santo mio delirio
Nessun mi toglierà!
Di questo albergo tacito
La via dimenticate...
Ditemi spenta agli uomini...
Pace per me pregate!
Più bella omai quest'anima
Dal fango s'alzerà!..

VIS.   Ritorneremo, o stolida...
ALBA   Ah no, di me pietà!

(VISCARDO parte furente. ALBA chiude subito l'uscio

SCENA III.
Alba sola, poi Coro.

Virtù, celeste Diva,
Perchè, perchè non ti conobbi pria,
Quand'io fanciulla ancora,
Eri sul labbro della madre mia?
Povera madre! inferma io ti lasciai
Nel baratro... laggiù... nel vil Parigi!
Demone, va! non ti rivegga io mai!
Ah la mia vita sconsigliata quanto,
Oh madre, t'ha costato acerbo pianto!

(Il CORO si avvicina a poco a poco, traversando la strada

Coro   Alba d' Oro stava in Ciel...
        Ma i celesti ingelosì!..
        Cinse allor mortale vel,
        E a Parigi nacque un dì!
     Ma nel mondo dell' error
        D' esser angiol si scordò...
        Presa fu da umani amor...
        Ogni prence la baciò!

Alba   Ah che sento!.. o mio terror!
        Qual supplizio a questo cor!

Coro *(seguitando)*
        Alba d' Oro ebbe virtù
        D' ammaliar l' Umanità...
        Ammirato Belzebù
        Un diploma le darà!
     Or la Fata disparì,
        Nuovi mondi va a trovar...
        Quando l' oro a noi finì
        Gli astri in cielo va a tentar!

Alba   Ogni nota è un disonor...
        Ah tacete... oh mio rossor!

Coro   Alba d' Oro stava in Ciel, ecc.
        (A poco a poco il Coro s' allontana)

SCENA IV.
Tebaldo e detta.

Teb. *(di dentro)* Amelia!
Alba *(scossa)*   Ah torno a vivere! Tebaldo!
Teb. *(schiude la porta ed entra)*
    Dolce amor mio!
Alba   Su questo cor!
Teb.   Perdona

S' oltre l' usato troppo tardi io giungo!
Nel mio duro lavor...

ALBA   T' intendo...

TEB.   Or vedi;
Vicino a te, celeste creatura,
Non sento il peso della mia sventura!

ALBA Mio ben, siedi, riposa
Sul mio seno il tuo capo,
(Seggono vicino ad un tavolo)

TEB.   Oh quando mia
Potrò dirti?
(Avvedendosi del libro lasciato da VISCARDO)
Che veggo? oh chi ti diede
Questo libro infernal?
(Levandosi da sedere improvvisamente)

ALBA *(fra sè)*   (Che dir?)

TEB.   Qual rio
Velen s'asconda in esso ah tu non sai!

ALBA *(fra sè)* (Deh m'aita, mio Dio!)

TEB. Chi d'Alba d'Oro ti parlò?.. chi diede
Nelle tue mani questo infame libro?

ALBA Io... nol ricordo...

TEB.   Questi fogli sono
Lampada accesa al vizio,
Incenso offerto ond' adorar Satanno!
(Quasi parlando al libro e gittandolo nel camino)
Va, libro, al fuoco! come te potessi
Veder distrutta quell' iniqua donna!

ALBA *(fra sè)*
(Quello sdegno m' annienta e più m' addita
Tutto l' orror di mia trascorsa vita!)
(Resta con gli occhi fissi al suolo)

Teb. *(quasi non credendo a sè stesso)*
    Dillo... deh un'altra volta!

Alba   T'amo e deliro, non chieder più!
  Ah non fuggirmi; abbracciami,
   Stringimi sul tuo cor!
   Se un duol mi strazia l'anima,
   Mistero è il mio dolor!
  Sognai fanciulla un angelo,
   E lo ritrovo in te...
   Gli archi del Ciel dischiudimi,
   Parla al tuo Dio di me!

Teb. Dopo del nembo, l'iride
   Sei di mia triste età:
   Dell'universo è immagine
   L'immensa tua beltà!
  Affanni e duol dimentico
   Se il core ho sul tuo cor;
   Negli occhi tuoi sfavillano
   I raggi del Signor!

SCENA V.

Viscardo dalla strada, e detti.

Vis. *(dalla strada)*
 Ladri! soccorso!

Teb.   Oh Ciel qual grido?..

Alba *(facendosi alla terrazza)*   Un misero
 Assalgono...

Vis. *(idem)* Soccorso! *(strepito d'armi)*

Alba *(trattenendo Tebaldo)*
 Ah dove corri?..

Teb.   Non temer.
 (Sfodera la sua spada e si slancia dalla terrazza)

ALBA   T' arresta!...
(*Tebaldo è già fuggito. Alba guarda dalla terrazza*)
Che fece mai!.. si battono... gran Dio!
Ma i ladri in fuga sono messi... ed egli,
Egli è l' eroe! oh mio Tebaldo!..

SCENA VI.
Tebaldo ritornando. Poi **Viscardo**
che entra per la terrazza.

TEB.   Salvo
Fatto ho quell' uomo...
ALBA   O valoroso! *(si abbracciano)*
(*Viscardo entra e si ferma meravigliato sul limitare:
poi, riconoscendo il luogo, dice*)
VIS.   È nuova!
Dalla porta n' andai... per la finestra
Ritorno!
TEB. *(turbandosi)* Amico... che cercate voi?
VIS· L'uomo che mi salvò — Vengo ad offrirgli
Vita, ricchezze, onor... quant' egli possa
In Parigi bramar...
ALBA *(fra sè)*   (M' aita, o Dio!)
VIS. Viscardo io son, di casa d' Englen, Conte.
Il mio palagio è vostro.
Disponete di me, del favor regio
E dell' intera Corte.
E poi che amica sorte
Mi fa incontrar con sì gentile dama,
Che a lei m' inchini è d' uopo...
                    (*Appressandosi ad Alba, le dice piano*)
(È lui?)
ALBA *(anche piano a Viscardo)*
                (Deh! non vogliate disvelarmi.)

Vis. *(a Tebaldo)*
   Il vostro nome or profferir vi piaccia
Teb. A che dirlo?..
Vis.   Ch'io sappia almeno a cui
   Mia vita deggio... Il nome vostro?.. ebbene?
Teb. Tebaldo io sono...
Alba   (Ahimè!)
Vis. Tebaldo? ma Tebaldo di qual casa?
Teb. *(levando le spalle)*
   Saperlo non fa d'uopo
Vis. *(fra sè)*
   (Misterioso velo!)
   Ebben v'attendo in Corte...
   Vi lascio, amici, e qui godete intanto...
   Chè il riso è breve, ed è ben lungo il pianto!
   Su voi lieta, propizia discenda
      Questa notte sognata dal cor!
      Anche il Ciel con l'azzurra sua tenda
      Vi sorrida ai misteri d'amor!
   Si ricopra d'un velo la luna..,
      Chè fra l'ombre... verrà la Fortuna!
      Or vi lascio, mia coppia gentil...
      V'affrettate... chè passa l'april!
Teb. *(fra sè)*
   (Qual geloso sospetto d'amore
      Quest'ignoto destando va in me?
      L'ho salvato... e rimorso n'ho in core...
      Or l'abborro... nè intendo il perchè.,.
   Come spettro da tomba vien fuore,
      E l'inferno lo spinge al mio piè!)
Alba *(fra sè)* -
   (Come tremo! ora il Conte potria

Il mio core, la vita strappar !..
Una larva ho sull' anima mia...
Sulla larva Tebaldo ha un altar !..
Di qual onta detersa mi sia,
Mai non possa Tebaldo pensar !)
Vis. *(fra sè sorridendo)*
(Ben lo veggo : a quel cor sono inciampo :
È geloso.. e ne intendo il perchè...
Su lasciamo a lui libero il campo !)
　　　(Volgendosi ad essi con piglio scherzevole)
Vi congiunga perenne la fè.
Dell' amore vi sfolgori il lampo !
Sempre in pace... godete !..
Teb. ed Alba *(ringraziando)*　　　　Mercè !
Vis. *(si allontana cantarellando)*
Alba d' Oro stava in Ciel...
Come raggio di beltà...
(È uscito dalla porta, poi si vede passare di dietro la
terrazza)
Cinse poi mortale vel
Per gabbar l' Umanità !
Tra la, là - la là tra là !
La la rà - la là tra là !

Fine dell' Atto primo

ATTO SECONDO

SCENA PRIMA

A Parigi. — Spiazzata innanzi la porta d' un' osteria. — Si vede in fondo la *ville de Blois* come un anfiteatro e le torri di *Saint Nicolas* sulla collina coverta qua e là di case — A dritta dello spettatore panche e deschetti. — In mezzo una specie di rottame di fabbrica sovra cui verrà messo l' editto. — RICCARDO e MONTANO uniti a molti uffiziali giuocano: altri con braccia incrociate guardano con disprezzo il popolo.

Popolo d' ambo i sessi arriva confusamente in iscena dimostrando gioia.

Coro È cessato l'enorme delitto
  Turbatore di nostra città!
  Finalmente è firmato l'editto...
  Più duelli la Francia non ha!
 Sia plebea, o patrizia la gara,
  Chi duella va il ceppo a trovar...
  Non dal ferro, dal core s'impara
  Delle donne l'onore a serbar!
 (Continuando nelle loro grida entusiastiche, si disperdono pel fondo, mentre i nobili si levano da sedere e fanno gruppo fra loro)
Mon. Che vuol dire quel popolo stolto?..
Ric. Il duello dei nobili è dritto...
Mon. Qual mai legge del mondo l'ha tolto?
  O briachi! è menzogna l'editto!

SCENA XI.

Fosco e detti.

Fos. Stolti! la legge è vera, e tutti assale!

Gli altri
>Che dici? per la plebe?..

Fos.
>Oh no, per tutti!

Gli altri
>Ah l'uomo rosso... il nostro Cardinale
>I nostri dritti vuol veder distrutti!
>Gli avi nostri han combattuto
>>Nella Grecia e in Palestina!
>>Noi vassalli abbiam tenuto
>>Più che stelle non ha il Ciel,
>Tra la plebe or ci destina
>>Un Ministro sì crudel!

Fos. Grandi furono i vostri avi,
>>Ma lo stemma or sol n'avete!
>>Voi degeneri ed ignavi
>>Che avvilite il nome lor,
>Nelle tresche or sol vivete,
>>Sol nei giuochi e osceni amor!

Coro Va, censor, coi tuoi malanni!
>>Ti sovvenga d'Alba d'Oro!
>>Speri invano, e invan t'affanni...
>>Alba amor per te non ha!

Fos. (scosso)
>>Ma qual Alba?

Coro
>>O barbassoro
>>La tua storia eccola qua!..
>Un dì soletta, qual vispo augello
>Pei regi parchi Alba sen va,

    Scuotendo i fiori come un ruscello,
      O mattutina brezza d'està.
    Tutto taceva... ma nel più bello
      S'ode un rumore... Alba ristà,
      Quand' ecco sbuca agile e snello
      Fosco... che dice : T'amo, pietà!..
    Ah che colombo! che amante bello,
      Che giovincello - da farsi amar!

Fos. *(indignato)*
    Stolti! e potete tanto mentire!

Coro Or sta a sentire - c' è più a narrár!
      Alba la bella quando si vide
      Quel vecchio Adone steso ai suoi piè...
      Non può tenersi, sbuffa, sorride,
      Gli dice: levati, non son per te!
    Della sconfitta Fosco s'avvide...
      Spera il silenzio... Cosi non è...
      Ognun che il seppe già lo deride...
      Lo seppe e a riderne fu primo il Re!..
    Ah che colombo! che amante bello,
      Che giovincello - da farsi amar!

Fos. Stolti! lasciatemi! cotanto insulto
    Se tardi inulto - non dee restar!
(Fosco si svincola e fugge. Gli altri restano sorridendo)

SCENA III.

Viscardo che esce dalla sinistra e detti.

Vis. Amici miei!..

Coro   Viscardo! Ehi buona lana!
    Questa notte a giuocar non sei venuto!
    In multa sei caduto...

Vis. Una bella ho inseguito.

Coro Sei perdonato allor — Della Sirena
  Parlaci...
Vis.   Amici miei, scontai la pena;
  Fui dai ladri assalito.
Coro Narra quant' eran dessi?
Vis.   Quanti sono
  I peccati mortali!
Coro Come non sei perito?
Vis. Accorse in mio favore un valoroso,
  L'amante della bella... e in mio malanno
  Giunsi terzo fra loro!
Coro Ma il nome di colei?
Vis. Alba d'Oro.
Coro   Fia ver? dove s'asconde?
Vis. In un villaggio...
Coro   Che!
Vis.   Tutti stupite!
Coro Narra, agli amici narra.
Vis.   Ebben m'udite
  Una volta Belzebù
   Penitenza volle far...
   In un manto di virtù
   Venne in chiostro a salmeggiar.
  Per la cerca intorno andò,
   Il cordon si fe' baciar;
   E le donne che trovò,
   Come un santo l'adorar!
  Come fece Belzebù,
   Alba d'Oro seppe far...
   Nel suo manto di virtù.
   Meglio il mondo può gabbar!
Coro Questa è nuova in verità!

Alba... in manto di virtù?
Brava! brava! strapperà
Fin l'astuzia a Belzebù!

Vis.   State a udir, chè v'è di più!
Un merlotto s'incantò
Della Fata alla beltà:
Nella pania che trovò
Tutto l'oro spenderà!
I colombi dell'amor
Stanno insieme e notte e dì;
Sognan cieli ed astri d'or...
La lor patria non è qui!
Io n'andai, per non restar
Paraninfo in mezzo a lor...
La faccenda accomodar!
Forse seppe il Dio d'amor!

Coro   Ed intanto nel ciarlar
Giuoco e vino s'obbliò.
Là v'è un nettare a libar,
Vin di Giove: ei cel mandò!

(Entrano nell' osteria)

SCENA IV.

Un **Banditore**, poi Popolo.

(Banditore prima da dentro, poi fuori dando fiato alla tromba: il Popolo accorre da varie parti in confusione)

Ban. *(si toglie il berretto)* Silenzio!

(Tutti si scappellano e tacciono)

(Legge)   *Ordiniamo:*
Per abolir l'usanza del duello,
Sia nobile o plebeo,
Chi duella... per pena avrà la morte.

E per cotanta colpa
Rinunziamo al dritto della grazia.
Firmato — Il Re — firmato Richelieu.
(*Altro suono di tromba: due valletti appendono l'editto*
al muro, il BANDITORE parte)

Coro di Popolo (*a varii gruppi restano a cica-*
lare fra loro)

Prima Parte
Ci ho gusto! o Messeri, vi ha colti il Sovrano!

Seconda Parte
Quei grandi la boria dovranno abbassar!

Terza Parte
Ti garba? Sta bene?

Quarta Parte   Sta ben, qua la mano!
V'è alcun che borbotta?

Seconda e Terza Parte   Nessuno mi par.

Tutti Torniamo al lavoro, giulivi n'andiamo:
Le spade, o patrizii, dovete spezzar!

(*Vanno via*)

SCENA V.

Tebaldo solo, viene in iscena dall'albergo a sinistra :
poi **Viscardo, Riccardo, Montano**
e gli altri che escono dall'osteria.

Teb. Ad abbracciar sua madre moribonda
Amelia venne qui — Su quell'albergo
Or ne piange la perdita — Fatale
È quest'amor per me! Perchè d'accanto
A lei mi sento trascinato al pianto?
Quella notte! quell'uom!.. Viscardo... Conte...
Favorito di Corte...
Non so perchè... ma pur quell'uomo... io l'odio!

L' odio... ed intanto lo salvai da morte!
(Siede pensoso sotto il pilastro dove sta sospeso il decreto — Viscardo esce coi compagni dall'osteria, preceduto da Montano)

Mon. Dubitar potresti adesso ? *(uscendo)*
  Vieni a leggere, Viscardo.
Teb. *(fra sè)*
  (Ciel... qual nome!   *(poi guardandolo)*
       Io fremo... è desso!)
Vis. *(parlando ai compagni)*
  Non ci credo...
Ric. *(ridendo all' orecchio di Montano)*
      (Lo fa tardo
  D' intelletto il vin trincato !)
Vis.   Siete matti !
Mon.   Leggerai,
  E il tuo dubio svanirà.
Teb.   (Dio ! qual uomo ho mai salvato !)
Vis.   Scommettiam...
Ric.   Quel che vorrai.
Vis.   Tre luigi...
Ric. *(a Montano)* Ei pagherà !
Vis. *(accennando a Tebaldo)*
  Ehi quell' uom ! Se pur tu sai
  Sillabar, quel ch'ài sul capo
  Leggi !
Teb. *(fra sè)* (Io fremo !)
Vis.   Ah !.. che vorrai
  La domanda udire ancor?
Teb. *(senza levarsi)*
  Ti rispondo immantinenti,
  Chè conosco appien l' editto !

O patrizio o vulgo, è scritto,
Chi duella al ceppo muor!

Vɪs. Va, plebeo! Pei pari tuoi
Sta il patibol, non per noi!
Leggi bene, o vil marrano!

(*Lo afferra per un braccio, lo mette in piedi e gli addita
lo scritto*)

Tᴇʙ. (*prorompendo*)
Tu m'insulti, o Conte insano!

Moɴ. e Rɪc.
Via! villano! vanne!

Tᴇʙ.   No!

Vɪs.   Che pretendi? (*volgendosi a* Tᴇʙ.)
Tᴇʙ.   Io tel dirò!
Se d'un'anima il petto t'è nido,.
Se pur sangue ti sta nelle vene...
O patrizio superbo, io ti sfido!..
La tua vita, il tuo sangue berrò!

Vɪs. Ricusare la sfida dovrei,
Ma t'innalzo a toccar la mia spada!
Dell'ardir di cui preso tu sei
Con la morte punirti saprò!

Moɴ. e Rɪc.
Bravo! sì... che bel giorno di festa
Se vediamo due spade incrociar!
Chi non sfida la legge funesta
La sua spada a che intende portar?

Tᴇʙ. (*traendo la spada*)
In guardia!

Vɪs. (*idem*)   In guardia!
Coʀo   In guardia!

(*Si battono, all'ultimo colpo cade* Vɪscᴀʀᴅo)

SCENA VI.

Alba, dall'albergo a sinistra, prima dentro, poi fuori,
Donne, Arcieri.

ALBA Soccorso! *(di dentro)*
ARCIERI e DONNE *(venendo in iscena)*
  Qual rumor di spade? Olà
  Fermate — I brandi a noi!

(Disarmano TEBALDO*)*

  (Indicando VIS.*)*   Costui?
CORO   Ferito
  Ora cadde, ed è spento!

(Lo trascinano dentro)

ARC. Tanto meglio per lui — Ma tu ci segui. *(a* TEB.*)*
ALBA *(entrando in iscena)*
  Ah che veggo... amor mio!
TEB. Volli morir! per sempre, Amelia, addio!..
ALBA Ti seguirò...
ARC.   Non t'è permesso... Andiamo.
ALBA Fermatevi, spietati!..
  Tebaldo... o mio tesoro!
*(Cade svenuta nelle braccia delle donne, mentre gli Ar-
  cieri portano con essi* TEBALDO*)*
CORO *(guardandola)*
  Che !.. la bella Alba d'Oro!
  Ma dunque l'uccisore
  È il suo merlotto... il suo novello amore!
ALBA *(rinvenendo a poco a poco)*
  Dove sono?.. chi m'ha tolto
    Il mio bene, il mio Tebaldo?
    Non è reo, non è ribaldo,
    Innocente è il mio tesor!
  Forse un marchio sul suo volto

Sono i baci miei d' amor?

                    O mio tesor !

Oh gran Dio... se tu m' atterri,
La tua folgore tremenda
Sovra me solo discenda...
Ma di lui... di lui pietà !
Dalla rabbia degli sgherri
La tua mano il salverà !

                  Gran Dio pietà !

Prima Parte del Coro, Uomini
  Alba d' Oro... a che sì mesta ?
  Un amante si ritrova !
  Come cangiasi di vesta,
  Tu cangiar ben sai d' amor !

Alba Indietro, indietro, o gente a me funesta...
  Rispettate il mio pianto e il mio dolor !

Seconda Parte, Coro Uomini
  Qui v' ha un Conte ed un Marchese,
  Qui v' ha un Duca, un capitano...
  Se son pochi... v' è un paese,
  Che ogni ben ripone in te.

Alba Chi di voi non peccò mi faccia offese...
  La prima pietra gitti contro me !

Dom. Deh ! pietà della sventura,
  La lasciate al suo dolor...
  Forse il Cielo le misura
  Queste lagrime d' amor !

Prima e Seconda Parte, Uomini
  Strana è inver la sua paura,
  Strano è il duolo in Alba d' Or !

Alba   O gente oscena, *(prorompendo)*
  Se un dì peccai,

                      *

Redenta appiena
Mi torna amor!
Ma tristi siete
Di me più assai,
Voi che ridete
Del mio dolor!
O sciagurati,
V'è un Dio nel Cielo;
I miei peccati
Perdonerà...
Su voi, perversi,
Dal cor di gelo,
Egli non versi
Giammai pietà!
Gente procace,
Profondi l'oro,
Ma un dì di pace
Non puoi comprar!
T'opprima intorno
Sempre il martoro,
Ti neghi il giorno
L'aura a spirar!
(Cade prostrata nelle braccia delle donne)

Coro   La libertina
Trincia morale!
Forse cammina
Un monte, o un mar?

Don.   Andate via... *(agli uomini)*
Grave è il suo male:
La Vergin pia
Vogliam pregar! *(le donne soccor-*
rono ALBA, *gli uomini partono deridendola)*

Fine dell' Atto secondo

ATTO TERZO

SCENA PRIMA

Un parco avente in fondo un rialto per cui si viene al proscenio mediante un viale contorto. — A destra il castello del Duca d' Englen. — A sinistra piccola casa rustica per familiari.

Montano e Viscardo.

Mon. Guaristi appien della ferita.
(Viscardo travestito con baffi finti e con una benda sull' occhio dritto, in modo da rendersi irriconoscibile)
Vis.   È vero
Mon. *(ridendo)*
  Travestito così... te l' assicuro
  Affè mia, chi vorrà mai ravvisarti?
Vis. Tu l' hai voluto... infingermi io disdegno!
Mon. O inver che capo ameno!
  Ancora non ne vedi l' importanza?
  Così per ora camperai da morte...
  Poi col tempo speriam che il Cardinale
  Abolisca la legge...
Vis.   Intanto il vecchio
  Mio zio, me sol nepote estinto piange!...
Mon. Il suo dolore a mitigare alquanto,
  Ho invitato il buffone Scaramuccia
  Con la masnada sua di ballo e canto...
Vis. Eccoli i saltimbanchi!
  (Qui s' ode musica barocca di strumenti d' ottone di dentro le scene)

Mon. Andiamgli incontro e rideremo intanto *(viano)*
(In fondo alla scena sul rialto praticabile si vede una
folla d'istrioni attraversare la scena con urli, risa,
battute di mano e suoni — Poi si disperdono — Rimasta
vuota la scena, viene Fosco)

SCENA III.

Fosco, leggendo un foglio.

Dal carcere fuggito è il reo Tebaldo,
L'uccisor di Viscardo:
Perchè raggiunto sia, tutto s'adopri.

(Conserva il foglio)

Il vecchio Duca intanto a sè mi chiama.
Per il nepote suo che amò cotanto
Chiede vendetta! e ben l'avrà! - Giustizia
Guida i miei passi - E tu, pensier funesto
D'Alba... perchè m'insegui ?
Io ti scaccio per sempre e ti detesto!

(Entra nel castello)

SCENA III.

Vengono in iscena gl'istrioni — Si notano fra essi gli **Ar-**
lecchini, i **Gradassi,** le **Pagliacce** — **Alba**
e **Tebaldo** sono fra quelli anche in abito da commedia, ed entrambi con mascherino sul viso.

Tutti   Siam nati per far ridere,
         Siam nati a far baldoria!
         Nel mondo chi più strepita
         Si busca maggior gloria!
       Olà tamburi e pifferi,
         Pin bi... pin bu... bu ba!
         Saltiamo a capitomboli;
         Pin bi.. pin bu... bu ba!
Arl.   Lodiamo la repubblica

E gli Unti del Signore;
Trinciamo di politica...
N' abbiam d' ogni colore!
Finchè potente è il Principe,
S' incensa il sacro piè...
Poi ne stampiam la satira
Se cadde il Papa o il Re!

GRA. Con spade, stocchi e sciabole
Da noi si fa il gradasso....
Son ferri che non pungono,
Ferri che abbiam per chiasso!
Con cera di terribili,
Con la paura in cor
Conquistiam le femine,
Del mondo siam terror!

PAG. Siam del progresso immagine
Con giubba e con calzoni;
Arrossiam degli uomini
Agli amorosi suoni!
Ma fuor della commedia
Ognuna ne tien tre!..
Ci sposa sempre un povero...
Ci paga un Duca, o un Re!

TUTTI Siam nati per far ridere,
Siam nati a far baldoria...
Nel mondo chi più strepita
Si busca maggior gloria!
Olà tamburi e pifferi...
Pin bi... pin bu... bu ba!
Saltiamo a capitomboli;
Pin bi... pin bu... bu ba!

*(Entrano a sinistra, e resta solo TEBALDO che si toglie
per un momento il mascherino)*

SCENA IV.

Tebaldo solo, poi Viscardo.

Teb. » Ah come soffro mai
    » Nel vedermi frammisto
    » A questa gente impura !
    » Amor mi rende forte
    » Se col favor degli abiti mentiti
    » Io mi salvai da morte,
    » E invano la giustizia omai m'insegue
    » Dopo il fatal duello !

(Vis. esce dalla dritta, ed avvedendosi di Tebaldo che è senza il mascherino, gli corre vicino prima maravigliato, poi senza poter trattenere il riso)

Vis. Tebaldo!.. ah! ah! fra i musici !...
    Chi ti salvò la testa?..

                  (Vedendo che non lo riconosce)

    Viscardo... io son, ravvisami...

           (Alza un momento la benda dell' occhio)

Teb. Il Conte, o l'ombra è questa ?
    Io vi credetti esanime...

Vis. No... vissi... e i funerali
    Mi fecero ! *(con significato)* silenzio!

Teb. Comprendo - Oh atroci strali
    Conte, ho per voi nel cor !

Vis. Perchè ?

Teb.   Tentai d'uccidervi
    In un geloso error !

Vis. Potevi ben riprendere
    La vita mia... tuo dono!
    Era dei ladri vittima,
    E per te salvo io sono...
    In casa d'Alba...

        (Accorgendosi d'un movimento di Tebaldo)

Diamine !
Geloso ancor ne sei?

Teb.   Qual Alba?

Vis.   D' Oro! l' unica!
Non ti lasciai con lei?

Teb.   Demonio seduttor!
Quella fanciulla è Amelia...

Vis. *(sorridendo)*
Due nomi... e un solo cor!

Teb.   Che dite?... falso è l'idolo
A cui proffersi amore?
Forse che un vile rettile
Io stretto avrei sul core?
No!

Vis. *(mostrando un ritratto)*
Questa è la sua effigie
Che amante un dì mi diè...

Teb. *(tremante)*
Ch'io vegga!.. ho un gel nell' anima...
(Riconoscendo il ritratto, manda un grido e lo getta al suolo)
Ah!.. ah!..

Vis.   Dubio più non v'è !
(Tebaldo resta abbattuto col viso fra le mani; poi riavendosi come da un sogno, dice)

Teb. Io trovai nel suo bel viso
Tutto il bello del creato...
Ma in quel guardo, in quel sorriso
Stava un demone celato!
Ah, gran Dio! chi t'ha rapito
Tanta parte del tuo Ciel...
E per onta n'ha vestito
Donna abbietta ed infedel?

34

Vis. Ah che sento... io non credea
    Che ignorassi la sua sorte...
    Ma dal cor di quella rea
    Io slacciai le tue ritorte!
    Sorgi e spera, o core oppresso;
    Tu ritorni a libertà...
    Ma, se pianger t' è concesso,
    Piangi in sen dell' amistà!
                    (Cercando trascinarlo)
    Fuggi... vieni... tu vedrai
    Nuove terre e nuovo ciel...
    Fosco è là... t' insegue, il sai,
    Fuggi i lacci del crudel!
        (Riesce a viva forza a trascinarlo nelle scene)

SCENA V.

Gl'Istrioni, Alba e Fosco.

Coro Signore, al vostro cenno
    Noi qui prendemmo stanza :
    Recita, suoni e danza
    Siam pronti ad eseguir.
Fos. Ognun di voi qui esponga
    Quello in che tien più vanto ;
    Del vecchio Duca il pianto
    Dovrete raddolcir.
Uom. Noi siam di burlette e di farse campioni,
    Nel tragico grandi e nell'arte dei suoni.
    Siam buoni alla prosa, e al verso migliori :
    Sorrisi e dolori - sappiamo imitar!
Fos. Fra gl' ilari concenti,
    Saprà il Duca obbliare i suoi tormenti!
Don. Sappiam le innocenti e le astute imitare

Sappiamo le gote di pianto irrigare.
Siam dame e regine, villane con fiori,
Con ali d'amori - sappiamo danzar!

Fos. Solo in guardarvi in viso
Speriam che al Duca spunterà un sorriso!
(*Volgendosi intorno ed accorgendosi di Alb.*)
Chi è costei ?

Coro   Gorilla.

Fos.   In qual arte si ha vanto ?

Coro   In tutto brilla!
Sorpassa nel merto costei tuttequante.
Sa finger da brava la *Dama galante*,
Sa ai piedi vedersi gli amanti morire,
Scherzare e fuggire - d'amore in amor!

Fos. Di merto sì grande mostrarci una prova
Potrebbe, se troppa l'inchiesta non trova.

Coro Su avanti, Gorilla - su avanti, coraggio!
Mostrateci un saggio - del vostro valor.
Vogliamo sentire la *Dama galante*,
Via fatevi innante...

Alba *(fra sè)*   (Coraggio, o mio cor!)
(*Facendosi innanzi a cantare, si sforza di atteggiarsi ad
una sconsigliata ebbrezza*)
Io non so che cosa è amor,
Ma so ben che sia godere!
Stolto è ben chi strazia il cor
D'un costante e sol pensiere!
Triste è assai la gioventù
Se non nuota in gran tesoro,
Fugge amor... non torna più,
Ma così non fugge l'oro...
Se ai miei piedi ho ricchi amanti
Do un sorriso a tutti quanti! *(fra sè)*

» (Che dissi? vacillo... l'inferno ho nel cor.
  » Tebaldo, o mio solo pensiero d'amor!)
Coro » Che pensi?.. tu tremi?..
Alba   » Ah no... fu un istante
  » Passò! - chi son io? - la *Dama galante!*
 Cantiamo lo scherno d' un povero cor...
 Costanza d' amante, follia è d' amor!
Le novizie nell' amor
 Fan promesse e giuramenti...
 Io non do, non do il mio cor
 Che per ore e per momenti!
Ieri quello, or questo l' ha...
 Chi più batte è presto aperto!
 Finchè dura la beltà
 Via fuggiamo dal deserto:
Io vorrei con un pensiero
 Abbracciarmi al mondo intero!
Coro Evviva... da brava la Dama galante:
 Costanza d' amante, follia è d' amor!
Alba Costanza d' amante, follia è d' amor!

SCENA VI.

Viscardo e **Tebaldo** comparendo dal fondo.

Fos. *(avvedendosi di Teb.)*
 E quel giovane?
Coro   Esegue a maraviglia
 Scene d'amor...
Fos.   Va troppo altero e baldo...
 Parla, dimmi chi sei?
Teb. *(con impeto strappandosi il mascherino)*
      Io son Tebaldo!
Alba *(atterrita)* (Ciel!)

Fos. L' uccisore di Viscardo, alfine
Ti trovo !
Vis. Egli mentisce... ei non è quello.
Fos. Vane parole... è lui... egli è il rubello
Che la giustizia invan cercò finora.
Teb. » Sì, son Tebaldo... io vo morir... la terra
» Or di sacro per me nulla più serra !
Fin del sol che mi rischiara,
 Fin dell' aura io sento orror !
 Non ho un Nume, non ho un' ara!
 Tutto è spento nel mio cor !
Forse a scherno del creato
 La Natura mi formò...
 Maledetto sia quel fato
 Che alla vita mi dannò !..
Alba *(che ha già tolta la sua maschera)*
Perchè mai crudel diventi,
 O Tebaldo, o mio tesor?
 Hai scordato i miei tormenti,
 Hai scordato il nostro amor?
Io su te vegliato ho tanto,
 Ma salvarti più non so...
 Nella polve or cade infranto
 Ogni ben che il cor sognò !
Vis. (In quell' anima sdegnosa
 La virtude ha vinto amor !
 No, bell' alma generosa,
 Tu sei salva... io vivo ancor !..
Se una vittima si chiede,
 Io la vittima sarò...
 Se virtù può aver mercede,
 Tutto il mondo io sfiderò !)

Fos. (Vecchio cor, tu godi alfine
(*Indicando* ALBA)

  Se di te sprezzò l'amor!
  Raggia alfin sul bianco crine
  La vendetta in suo furor!
  Se la speme or non m'inganna,
   Essa in lui morir farò.
   Va, che pria della condanna
   Ai miei piedi io ti vedrò!)
Coro (Oh fra i grandi quai delitti
   Nelle gioie e nell'amor!
   Ma nel Ciel son tutti scritti...
   Giunge il giorno del Signor!
  Se di veglie, se di stenti
   Dio la vita ci formò,
   Larva mai di tradimenti
   Nostri sogni non turbò !
Fos. Olà !.. (*compariscono guardie*)
  V' assicurate
Dell' uccisor Tebaldo.
Alba (*frapponendosi*) Oh me... me prima
Uccidete !
Fos.   Ti scosta !
Vis.   Ah no, fermate.
Non è più reo Tebaldo ;
Ei non m'uccise... io vivo ancor !..
(*Togliendosi la finta barba*)
Viscardo

In me riconoscete !
Coro   (È salvo !)
Alba   (È salvo.)
Fos. (*a* Viscardo)
Stolto! la legge il feritor punisce

Ed il ferito!.. Guardie, olà sia tratto
Anco il Conte Viscardo in ceppi!
Alba   Ahimè!
Vis. Crudo scherano!
Turti   Un mostro egual non v'è!
Coro Fuggi, vanne, o snaturato,
        Più di belva hai duro il cor!
        Del tuo despota esecrato
        Sei pugnale traditor!
    La sua folgore possente
        Dio non anco ti scagliò...
        Cielo e terra ed ogni gente
        Maledetto — ti gridò!
Fos. La giustizia punitrice
        Cruda torna al malfattor,
        Ma dal Ciel discende ultrice,
        E ministra del Signor!
    Rido io ben dei vostri detti,
        Pur che i rei sien dati a me...
        Ritornate ai vostri tetti,
        Rappresento io solo il Re!
(Ad un cenno di Fosco, Viscardo e Tebaldo sono por-
tati via — Alba cade svenuta)

Fine dell'Atto terzo

ATTO QUARTO

SCENA PRIMA

La scena rappresenta un grande atrio di carcere. — Il fondo è un' intera inferrata di grande altezza. — In mezzo del cancello vi è la porta d' ingresso. — Dietro questa inferrata a poca distanza vi è una cortina nera che nasconde tutto il fondo del teatro, e solo a suo tempo verrà alzata. — Alla dritta dello spettatore vi è una porta chiusa d' una prigione, poi la grande porta dell'oratorio anche chiusa, avendo nel mezzo una grande croce gallonata. — Appresso una seconda prigione anche chiusa — Alla sinistra dello spettatore una porta chiusa di prigione come quella di dritta, poi una grande porta, cui sopra è scritto *Sala del presidente*, poi un'altra porta di prigione. — Solo la porta del presidente è aperta. — Due sentinelle passeggiano al di fuori del cancello — La scena è rischiarata da due grosse lampade, le quali sono situate una innanzi l'oratorio, l'altra innanzi la porta del presidente.

Alba, il **Capo** delle prigioni.

(Alba vestita tutta di nero con velo nero sul viso, presentando al Custode un foglio)

Alb. La grazia di Tebaldo
E questa...

Car. *(mostrando anch' egli un foglio)*
E questo è l'ordine
Che la revoca.

Alba   Ahimè sono perduta!
Che far? s'innalza il palco... io più non reggo!
E Fosco... è là... (*) Non v'è più scampo!
(*) *(Indica la sala del Presidente)*
(Dopo qualche momento di titubanza)   E sia!
Mi ricopro d'infamia... ma lo salvo!
(Fa segno al Custode che la recasse al Presidente: entrano insieme)

SCENA II.

Un **Carceriere** dischiude la prigione di **Tebaldo,**
poi quella di **Viscardo.**

(*Viscardo e Tebaldo vengono a lenti passi in iscena, e
il carceriere va via*)

Vis. Ah morire a vent' anni! O mio Tebaldo,
  Io ti diedi la morte!
Teb.   Ah no, il destino
  Che m' incalza l' appresta!
      (*Udendo un suono dall' oratorio*)
Vis. L' organo!
Teb.   Ah fra poch' ore... sotterrato!
Vis. Qual terrore m' invade
  All' appressarsi di quest' ora estrema!
Coro di Monaci (*dall' oratorio*)
  Da questa valle misera,
   Erranti affaticati,
   Gli spirti a te ritornano...
   Perdona ai lor peccati!
  A te gli adduca l' Angelo
   Che spettator restò
   Allor che un Dio sul Golgota
   Morendo perdonò!

SCENA III.

Alba esce dalla stanza del Presidente correndo con le
mani sul volto: dopo pochi passi si ferma. Dalla scala
stessa esce un uomo d'armi.

Uomo d' Armi (*alle spalle di Alba si ferma, e a
voce bassa le dice*)
  (Prima che batta l'ora terza!)
(*Esce rimanendo la porta aperta: le sentinelle più non
si vedono*)

Vis. *(che insieme a* Tebaldo *non ancora ha vi-*
sto Alba*)*   Or via!
     Che è mai la vita? un carcere e la morte
     Ci fa liberi!

Teb.   L' ora
     Del mio morir s' affretti!

Alba *(facendosi innanzi ed alzando il velo dal*
     volto) No, non morrai!

Teb. *(meravigliato)*   Tu... demone!

Alba Sì, per salvarti tutto
     Tentai...

Teb.   Va!.

Vis.   (Questa femina
     C' insegue dappertutto!)

Alba   Vieni: ogni istante è un aspide
        Che mi divora il sen!
        Le porte ti si schiudono
        Per me... fuggiam, mio ben!
        Fuggi!

Teb.   Fuggir?.. No!..

Alba   Affrettati

Teb.   Con Alba d' Oro?.. *(fissandola)*

Abla   Ahimè! *(esterrefatta)*
             (*Poi ripigliandosi, con forza dice*)
        Sprezzami pur... ma salvati!

Teb.   La grazia!.. oh te la diè
        Novella colpa!

Alba   Arrenditi...

Vis.   (No, fingere non può!) *(fra sè)*

Alba   Uccidimi, ma salvati!..

Teb.   No, a questo prezzo no!

Vis. Oh Tebaldo, deh alfine t' arrendi!

Dal tuo amore redenta è costei :
Se la sprezzi, se il palco tu ascendi,
Di due morti colpevole sei !

ALBA (*afferrando le ginocchia di TEBALDO*)
Vieni, vieni... mi segui... ti resta,
Un momento soltanto a fuggir !.,
Poi m'uccidi... il mio corpo calpesta...
Ma mi segui... ma tu non morir !

TEB. (*svincolandosi*)
No... mi lascia ! Il mio fine è già scritto
Perchè in petto un veleno mi sta !
(*Fissandola tremendamente negli occhi*)
Chè ancor t'amo !.. e l'amarti è un delitto !
E la serpe con meco morrà !

ALBA (*con impeto di gioia alla rivelazione fattale
da Tebaldo, sorge*)
Ancor m'ami !.. ah fuggiamo agli sguardi
Della Francia !

VIS. (*sollecitandoli*)   Varcate le porte...
ALBA (*pregandolo disperatamente*)
Per la Vergine Santa ! (*batte l'ora terza*)
TEB.   È già tardi !
ALBA   Ah ! gran Dio !
VIS.   Gran Dio !
TEB.   È la morte !

SCENA ULTIMA

Si schiude la porta, e si presenta il carnefice vestito di ros-
so, con la scure in mano preceduto da dieci arcieri. —
Dall'oratorio escono dieci frati e si pongono in fondo
della scena. — Momento di silenzio.

TEB. (*quasi ritornando in sè*)
Si dee morire !

ALBA   Deh in quest'ora estrema
Non maledirmi. *(cadendo in ginocchio)*
VIS.   A lei perdona alfine...
Per troppo amar peccò!
TEB. Ah sì, l'amor, la patria, l'esistenza,
Tutto gli uomini a me voller negato...
Ed io perdono!..
ALBA   O generoso!
VIS.   O fato!
TEB. *(tenendo la mano sul capo di* ALBA *inginoc-
chiata)*

    O sommo Iddio - s'io vissi in terra
        Dolente, oppresso - fra tanta guerra,
        Lasciando. alfine - la stanca salma,
        Libera l'alma - nel Ciel verrà!
    Ma pel martirio - che a Te m'appressa
        Solo una grazia - mi sia concessa...
        Su questa donna - prona, piangente...
        Scenda clemente - la tua pietà!...
    Ribattezzata - dal gran dolore,
        L'opra più bella - l'opra d'amore
        Dopo le larve - d'inganni umani
        Nelle tue mani - ritornerà!
ALBA *(commossa)*
    Segui, deh segui - angiol divino,
        Per te al Signore - mi ravvicino...
        Sull'ala tua - a piè di Dio
        Il pianto mio - salito è già...
    Dal tuo perdono - purificata,
        Quando al tuo Cielo - sarò chiamata
        Nel santo bacio - che mai non muore
        Il nostro amore - rinascerà!

Vis. Ah certo a voi - m'unì la sorte
     Per farmi bella - sembrar la morte !..
     Or dove han fine - gli umani inganni
     Corro su i vanni - dell' amistà...
  Spariro i sogni - di giovinezza :
     Fu breve larva - la loro ebbrezza ,
     Ma d' ogni larva - trovo soltanto
     In questo pianto - la voluttà !
A Tre   Lasciam le lagrime
     Di questa tenebra...
     Voliam fra gli angioli
     Presso al Signor !

(Cade la cortina nera, e si vede tutto il fondo del teatro gremito di popolo, soldati e monaci — Gente ai balconi con lumi, gente in istrada con fiaccole)

Teb. Donna, ti lascio... *(la bacia in fronte)*

Teb. e Vis. *(abbracciandosi)*
     A morte !
          (Sono condotti dai soldati)

Alba *(volendo seguirli, non ne ha la forza)*
     Ah... no... Te..bal..do !

(Getta un grido, e cade priva di sensi al suolo. Tutto il popolo s'inginocchia e mormora la preghiera per i moribondi. « Sancti, Angeli Domini, subvenite animae ejus! »)

FINE